KB022151

술 깨는 술집

술 깨는 술집

초판 1쇄 인쇄 2011년 08월 05일
초판 1쇄 발행 2011년 08월 10일

지은이 | 정욱일
펴낸이 | 손형국
펴낸곳 | (주)에세이퍼블리싱
출판등록 | 2004. 12. 1(제315-2008-022호)
주소 | 서울특별시 강서구 방화3동 316-3번지 한국계량계측조합 102호
홈페이지 | www.book.co.kr
전화번호 | (02)3159-9638~40
팩스 | (02)3159-9637

ISBN 978-89-6023-647-9 03810

술 깨는 술집

정욱일 소설집

ESSAY

차 례

여름 이야기

삼복더위가 맹위를 떨치던 어느 날 저녁, 회사원인 김일중은 부실한 저녁 밥상을 부인에게 불평하다가 많이 혼났다.

"먹지 마, 먹지 마! 이 인간아! 아니면 남들처럼 돈을 많이 벌어 오든가!"

설거지통에 그릇들을 집어던지며 그의 아내는 아주 험악해졌다.

이럴 때 일중은 늘 그랬듯이 입을 꽉 다물고 그저 귀만 벌려서 온갖 독설이 지나가길 기다릴 뿐이었다. 하지만 그날은 평소보다 길고도 심했다.

"에어컨 하나 없어서 밤에 잠 못 자고 등짝에 땀띠가 도져서 환장하겠는데 지금 반찬 투정이 말이 나와? 나 참 동네 창피해서 살 수가 없다니까! 당신도 눈 달렸으면 옆집이랑 앞집이랑 좀 보고 다녀 봐! 다들 에어컨 달았어. 다들!

나가! 나가서 좀 둘러보고 와! 그리고 생각을 잘 해보고 반성이 되면 그때 들어와! 아, 어서 나가라고! 당신 보면 더 더워. 어서 나가 봐!"

이렇게 집 밖으로 쫓겨난 일중은 동네 어귀를 돌아 나오면서 혼자 한마디 했다.

'덥긴 덥네. 바람도 한 점 없이…'

"시원한 맥주 캔 하나 주세요. 조금 큰 것으로요."

단골 가게 주인아주머니가 골라준 맥주를 마시면서 일중은 큰 길로 접어들었다. 목적 없이 걷다가 그가 도착한 곳은 봉국사라는 큰 절이었다. 가끔 일중이 버스 타고 지나다니면서 오가는 길에 눈에 익은 꽤 규모가 크고 역사도 깊은 절이었다.

일중이 다 마신 맥주 캔을 구겨서 휴지통에 버리고 봉국사의 커다란 문을 지나자 약간 서늘한 산 공기가 밀려 내려왔다. 그가 조금 더 걸어 올라갔더니 또 문이 있는데 문양 쪽으로 공간에 목각으로 만들어진 사람 모양의 입상들이 무서운 얼굴들로 서 있었다.

일중은 그 문을 지나지 않았다. 왜냐면 밤도 깊었고 늦은 시간에 경내로 들어가면 스님들께 실례도 될 것 같았다. 더군다나 그의 생각에 문을 지키고 있는 무서운 입상들이 갑자기 걸어 나올 것 같은 두려운 생각도 들었기 때문이다.

그가 다시 입구 쪽으로 내려오다가 반시간 정도 시간을 보낼 생각으로 약간 경사진 곳에 걸터앉았다. 그리고 그가 살고 있는 집 쪽을 멍하니 바라보았다.

그는 맥주를 괜히 마셨다고 생각했다. 마실 때는 시원한데 지금은 오히려 속에서부터 더 더운 것 같았다. 거의 삼십 분이 다 된 것 같고 부인이 집에서 걱정스레 그가 돌아오기를 기다릴 것 같아서 이제 그만 집으로 가려고 일어서는데 뒤에서 인기척이 들렸다.

그리고 그 소리가 일중에게도 향해서 오고 있었다. 일중이 돌아보니 젊은 119 대원이 미소 지으며 서 있었다.

"안녕하세요. 저는 소방대원인데요. 이 절이 참 마음에 들어요." 하면서 일중이 앉아 있던 자리에서 서너 발자국 떨어진 곳에 자기도 걸터앉으며 맑은 웃음을 지어 보였다.

길에서 맞은 손님도 손님은 손님인지라 예의상 일중은 한 십분 정도는 더 있다가 집에 갈 생각으로 그의 용모를 천천히 둘러보았다. 깨끗이 다림질 된 짙은 베이지 색 한 벌을 잘 차려 입고 단정히 깎은 머리카락 끝이 잔잔히 부는 산바람에 어슴푸레하게 약간씩 흔들거렸다.

일중의 마음이라도 헤아린 듯 그 젊은 소방대원은 자기의 일과가 매우 마음에 들며 시간이 나며 때때로 봉국사에 바람도 쐬고 쉬러 온다고 했다. 일중은 속으로 부인이 집에서 그가 늦게 들어온다며 또 다시 화낼 생각을 하니 더 이상 있을 수 없어서 그만 일어나려 했다.

그러자 그 소방대원은 정색을 하며 말했다.

"저기… 혹시 건물풍이라고 아세요? 빌딩풍이라고도 하고… 왜, 높은 빌딩은 바람의 방향이 평지하고는 다르다고 하는 것 말입니다."

일중이 고개를 갸웃하자 그는 말을 계속 이어갔다.

"전에, 큰 빌딩에 화재가 난 적이 있었는데요. 다들 대피하고 어린 아기 혼자 높은 건물에 고립된 적이 있었거든요. 그때 제가 불을 뚫고 건물에 올라가서 아기를 구하려는데 도저히 불길이 세서 돌아 나올 수 없었어요."

일중의 얼굴을 똑바로 쳐다보며 그가 계속했다.

"그때 생각난 것이 바로 건물풍이지요. 뭐냐면 높은 건물은 바람이 주로 건물 꼭대기에서 밑으로 강하게 내려치게 되는데, 항상 그런 것만은 아닙니다. 잘 관찰해 보면 어느 때는 반대로 세찬 바람이 건물 꼭대기를 향해 밀치고 올라올 때도 있거든요. 그때 그것을 이용할 방법 밖에는 다른 구조 방법은 아무것도 없었거든요."

"그래서 어떻게 했는데요?"

일중의 그의 이야기에 흥미를 느끼고 다음 이야기를 다그쳤다.

"우선 실내에서 제일 큰 커튼을 뜯어내서 양쪽 끝을 잡아당겨 내 목을 감싸서 잘 묶습니다. 그런 다음에 커튼을 등 뒤로 돌려 한 쪽 끝을 하나씩 당겨서 양쪽 발목에 단단히 묶지요. 마치 커다란 망토를 두른 것과 같지요. 왜, 있잖아요. 영화에 나오는 날아다니는 배트맨이나 슈퍼맨과 비슷한 모양으로요."

"그런 후에 그 어린 아기는 어떻게 했는데요?"

일중이 물었을 때 소방대원은 잔잔히 웃으면서 이야기를 계속했다.

"먼저 지퍼가 있는 점퍼나 조금 크기가 큰 셔츠 같은 것도 되고… 화재 진압할 때 대원들이 입는 옷도 가능하고요. 아기를 옷 안에 품고 단단히 옷을 채우는 겁니다. 그 후에 예측하셨겠지만 건물풍이 반대로 부는 곳을 찾아내야만 합니다. 그때 저는 운이 아주 좋았어요. 한 번에 깨뜨린 창문 밖에서 바람이 위로 세차게 불어주었거든요."

"그래도 건물 밖으로 뛰어 내리기가 쉽지는 않았을 텐데요." 하면서 일중은 다소 걱정되는 표정으로 소방대원의 다음 이야기를 기다렸다.

"다른 방법은 전혀 없었어요…. 그 상황에선…. 아기를 옷 안에 꼭 보듬고 깨진 창밖으로 뛰어내렸죠. 내 몸이 꺾이지 않도록 쭉 다리를 뻗고 몸에 묶어놓은 커튼을 낙하산처럼 펼쳐서 반대로 부는 건물풍을 최대한 이용했죠."

"그래서 아기는 무사했나요?"

일중이 조금 다급하게 물었다.

소방대원은 자랑스럽게 말했다.

"그럼요! 하나도 안 다치고 안전하게 구조되었답니다. 아마 지금쯤 많이 커서 중학교에 다닐 것 같은데요."

"그런데 소방대원 선생도 그때 별로 안 다치셨나 봐요. 지금 이렇게 멀쩡하시니까요."

일중의 이 말에 소방대원의 안색이 조금 굳어지는 듯하면서도 슬픈 기색이 그의 얼굴에 묻어났다.

"아니요. 그때 저는 다쳤어요. 조금 심하게 다쳤지만 그래도 아기를 구했으니까 만족하고 있어요. 보세요. 지금은 이렇게 아무렇지도 않잖아요." 하면서 그가 먼 하늘을 바라보는데 벌써 동이 트려고 하늘이 흐려지고 있었다.

일중이 서둘러 집에 가려고 소방대원에게 인사를 건네고 봉국사의 큰 문을 지나 대로변에 도착했다. 그가 한 번 더 소방대원에게 손 인사를 하려고 절 안을 보았으나 그는 벌써 어디로 갔는지 가고 없었다.

일중이 자기 집 앞에 도착했을 때 그의 부인이 문 앞에서 울고 있었다. 그녀는 일중을 보자마자 그에게 달려들어 한참을 더 울더니 일중의 귀를 부여잡고 욕을 해대며 집안으로 끌고 들어갔다.

봉국사에서 그런 일이 있은 후 며칠이 지났다. 일중이 회사에서 일을 마치고 버스에서 내려 횡단보도 신호가 바뀌기를 기다리고 있었다. 그때 멀리서 119 구급대 사이렌 소리가 들렸다. 그 소리는 점점 가까워져 일중이 서 있는 횡단보도를 지나 큰 길로 막 접어들면서 내달리고 있었다.

그 순간 일중은 자기 눈을 의심하지 않을 수 없었다. 봉국사에서 만난 바로 그 젊은 119 대원이 똑같은 짙은 베이지색 옷을 입고 차창 밖에 매달려 함께 출동하고 있었다. 고개를 들지는 않았지만 일중은 분명히 그를 알아볼 수 있었다.

집에 도착해서 앉아 있는 일중에게 부인이 다가와서 자꾸 말을 걸었지만 일중은 그날 아무 말도 하지 않았다.

이 숙

  팍팍하고 먼지 섞인 비릿한 공기가 내 입과 코를 지나 그동안 피워온 담배 탓에 타르와 니코틴이 잘 발라져 있을 폐 구석구석을 훑고 썩은 공기가 되어 다시 나온다.

  이럴 때 굳이 멀리 못 가더라도 차가 드문드문 다니는 굵고 오래 된 가로수 있는 길을 천천히 걷고 싶다. 맑은 날에도 나무 밑동은 항상 젖어 있는 듯하고 이끼가 덮여 있어 손가락으로 문지르면 미끌미끌한 가로수가 서 있는 길에 가고 싶다. 그러면 숨쉬기가 조금은 편하다.

  사람이 곁에 오는 것이 싫다. 그들이 숨을 쉴 때마다 내뱉는 독기가 주먹으로 한 대 맞는 것보다 더 두렵다. 그래서 나는 영화관이나 스포츠 경기장 같은 사람 많이 모이는 곳에 한 번도 가본 적이 없다. 어쩌다 관공서라도 억지로 가서 일을 본 후에 급히 나와 담배 두어 대로 폐 속을 소독해내곤 했다.

"당신 그렇게 괴팍하고 개떡 같은 성질 머리로 이 험한 세상을 헤쳐 나갈 수 있겠어?"

담배 소매점 주인이며 여기저기 친척들이나 선후배들에게 돈을 백만 원에서 이백만 원 정도씩 갖은 이유를 대서 빌려 쓰고 절대 갚지 않는 대학선배 공 씨가 담뱃값을 치르고 나가는 나에게 한마디 했다.

"이 험한 세상 헤쳐 나갈 생각은 조금도 없는데 공 선배 나한테 괜히 시비 거는 것이 무슨 좋은 일이라도 있는가 봐요?"

그러자 공 선배가 기다렸다는 듯이 담배를 많이 피워서 누렇게 된 이를 한껏 드러내고 입을 크게 벌려 웃으면서 나에게 앉을 것을 권했다.

"야, 요즘은 하도 잘 먹어서 웬만한 놈들 전부 환갑이더라. 내 비록 환갑이 내일 모레지만 어디 봐라, 내가 나이 들어 보이나, 응?" 하면서 그리 지방이 많이 끼지 않은 자기 아랫배를 툭툭 두들기면서 무슨 중요한 할 이야기가 있다는 듯 눈알이 매끌매끌 빛났다.

"이봐, 후배. 이번 주말에 시간 좀 내줄 수 있겠나? 그리고 그 지겨운 소금 절인 셔츠 좀 벗어버리고 멋 좀 내서 나하고 같이 어디 좀 같이 가줄 수 있는 거지?"

오십이 넘은 나이에도 부끄럼을 잘 타는 나는 금방 얼굴이 홍조가 되어 아무 말도 못하였다. 그리고 그동안 속으로 별로 인간답지 않다고 생각되던 공 선배가 일순 존경스럽기까지 했다.

"선배님, 고맙습니다. 그리고 죄송합니다. 내심 선배님을 그동안 잘 모시지 못해서 마음고생이 심했는데 이렇게까지 늙은 후배를 위해 맞선자리까지 마련해주시니 정말 몸 둘 바를 모르겠습니다."

내가 감사의 소감을 늘어놓고 있는데 공 선배가 말을 가로막으려 말했다.

"아니 그게 아니라 이번 주말에 시내 맥주 집에서 내가 맞선을 보게 됐다니까, 무슨 소리야. 썩은 물도 위아래가 있다는데 내가 먼저 장가를 들어야 그 다음에 자네도 장가를 갈지 생각해 볼 거 아니겠어?"

방금 산 담배를 한 대 꺼내 물고 일어나면서 연기 섞인 말로 선배에게 대꾸했다.

"아니, 선배 맥주 집에서 맞선 보는데 내가 왜 옷 갈아입고 같이 나가야 한대요?"

그러자 공 선배는 사뭇 진지한 태도로 나를 다시 주저앉히면서 말했다.

"이건 아주 중요한 거라네. 이번 여자는 꽤 괜찮은 자리라서 놓치고 싶지 않다네. 자네가 옆에서 내 칭찬을 좀 해주게나. 어떻게 쑥스럽게 내 입으로 내 칭찬을 하겠나."

아직 이른 시간이라 약속한 맥주 집 안은 아무도 없었다. 다만 맞선 보러 나온 나이 먹은 두 남자가 나란히 앉아서 상대방이 나타나기를 기다렸다.

"선배는 왜 아직까지 결혼 못 했어요?"

입 안을 환기라도 시킬 요량으로 약간 긴장해 있는 공 선배에게 말을 걸었다.

출입구 쪽을 바라보고 있던 공 선배는 담배 한 개비를 꺼내어 만지작거리면서 말했다.

"자네 내가 왜 남들한테 돈 빌려서 갚지 않고, 또 적당히 사기 치면서 사는지 아는가? 내가 돈이 궁해서 그런 게 아닐세. 그렇다고 순전히 내가 못 돼 먹어서 그런 것도 아니란 말일세."

나는 담뱃불을 지펴서 공 선배의 입에 불을 붙여주면서 다음 말을 기다렸다.

"나에게 소위 당했다는 사람들은 결국은 나에게 감사해야 할 것이야. 왜냐면 나는 그들에게 치명적은 아닐 정도로 금전적 사기 정도는 쳤지만 그들은 아주 커다란 선물을 받은 것이나 다름없지. 자네가 이해될지 모르겠는데 나는 그들에게 인생의 참맛을 제대로 보여주었거든.

그게 나는 인생이라고 봐. 그렇게 당함이 없는 인생은 더욱 큰 쓴맛이 기다리고 있는 걸 알아야지. 내가 결혼을 지금까지 안 한 것도 같은 이유라네.

잘 살면 아주 좋지. 자식 낳고 돈 벌어서 맛있게 술도 같이 사마시고 나중에 자식한테 효도 받아 즐거운 인생이 되는 거지. 하지만 나는 인생의 진면목을 알고 있다네. 그 즐거움 바로 뒤에 항상 기다리고 있는 괴로움의 가장 가까운 상대방은 '부부'라는 이름을 가진 '맞수'라네.

이봐, 후배 어째 내 말이 공감이 되는가? 사람이 말을 하면 대꾸가 있어야지 그렇게 담배만 질러대면 어떻게 하나?"

그렇게 시간이 자꾸 흐르는데 만나기로 한 상대방은 도무지 오지 않았다. 다만, 어느 틈엔가 저쪽 테이블에 아주머니, 아저씨 한 쌍이 들어와 앉아서 벌써 맥주를 여러 병 시켜 마시고 있었다. 여자는 뭐가 그리 우스운지 연신 깔깔대고 웃고 무슨 말을 계속해대는데 이미 전작이 있었는지 많이 취해 있었다.

"저기… 선배님, 저기 저 사람들 혹시 오늘 만나기로 한 장본인들이 아닐까요?"

약간 불안한 어조로 공 선배에게 물었다.

"사촌 오빠인지 삼촌인지 하고 같이 나온다고 들었는데…." 하면서 내가 말끝을 흐리자 공 선배가 내 등을 떠밀었다. 오늘 맡은 바 소임을 다하라는 공 선배의 위협적인 다그침에 어쩔 수 없어서 온갖 용기를 다 내어 나는 그들이 오늘 맞선 보러온 주인공들인지 확인하러 그들의 술상 앞으로 다가섰다.

"저어… 대단히 실례합니다만, 오늘 공 선배님과 만나보실 분들이 맞으신지 알아보라고 저쪽에 앉아 계신 분이 시켜서 왔는데요."

그러자 내가 깜짝 놀라게도 아저씨가 벌떡 일어나더니 공손히 인사를 하면서 인사까지 청했다.

"이거 초면에 실례가 많습니다. 먼저 찾아뵙고 인사를 했어야 했는데… 미안하게 됐습니다." 하면서 여자 쪽을 눈으로 가리켰다.

"오늘 약속 전에 친척 결혼이 있어서 소주 몇 잔 했나 봅니다. 그러지 말라고 했는데도…."

내가 생각건대 오늘 만남의 장소도 맥주 집이거니와 어쩔 수 없이 소주 몇 잔 먹고 온 것도 다 같은 술인데 이 상황에서 맞선 자리를 만드는 것도 크게 무리 될 것은 없다고 그들에게 말해 주었다.

그리고 나는 이 소식을 공 선배에게 전하려고 자리로 되돌아왔다. 이미 상황을 다 알아차린 공 선배의 이빨 사이에서 담배꽁초가 짓이겨지고 있었다. 공 선배는 한동안 말없이 앉아 있더니 잘 다듬어진 목소리로 나에게 똑바로 대고 말했다.

"좋은 여자야. 진짜 좋은 여자야…. 결혼도 하기 전에 저렇게 인생의 깊은 참맛을 보여주는 저 여자는 좋은 여자야. 만약 결혼하게 되면 그 맛을 허구한 날 보게 되겠어."

공 선배가 내 어깨 위로 손을 얹어놓고 아궁이에 불쏘시개처럼 꽁초가 쌓여 있는 재떨이를 흘겨보면서 명령조로 말했다.

"이봐, 후배. 오늘 수고 아주 많았다고 생각하네. 내친김에 끝마무리도 잘해주길 믿고 있네. 나는 지금 집에 갈 테니까 자네가 가서 저 술주정뱅이들에게 내 말 좀 전해주게나. 내가 담배를 너무 많이 피운 원인으로 낮에 먹은 점심거리가 심각하게 체해서, 이번 만남은 다음으로 미루는 것이 좋겠다는 취지를 저 사람들에게 전해줬으면 좋겠네."

공 선배가 뒤도 안 돌아보고 곧바로 나가버린 후에 한동안 곤란을 겪던 나도 그냥 밖으로 나가 버릴까 생각했다. 하지만 간다고 인사 정도는 해야 한다는 마음으로 다시 그들에게로 향했다.

"정말 죄송하게 됐습니다. 공 선생께서 이런저런 이유로 그냥 집에 가셨습니다. 아무쪼록 불쾌히 생각지 마시고 너그러이 이해해주시기 바랍니다."

나는 인사를 얼른 마치고 이 불편한 장소에서 빨리 벗어나서 당장에 공 씨네 가게로 찾아가서 약속대로 닭곰탕이나 많이 끓여 내오라고 야단칠 생각이었다.

　"이 숙입니다."

　예기치 못한 자기소개에 나는 그만 그녀의 얼굴을 똑바로 쳐다보게 되었다. 그리고 이제까지 그녀가 내었던 거친 목소리는 온데간데없고 작으나마 정확하고 얌전하게 나에게 말했다. 게다가 그녀의 삼촌인지 사촌인지 하는 사람도 공 씨를 잡으러 간다며 슬금슬금 내빼더니 밖으로 나가버렸다.

　'술 많이 드셨는데 건강을 해칠 수 있다'거나 '건강이 좋아야 계속 술맛도 볼 것 아니냐'는 몇 가지 말을 끝내고 더 이상 할 말이 생각나지 않아서 나는 그냥 앉아 있었다. 멀뚱하게 앉아 있는 나를 빙글빙글 간간이 웃으면서 바라보던 이 숙이 전혀 술 취한 기색 없이 말했다.

　"구름이 두꺼워지더니 서로 좋아해서 결국 비가 오려고 해요. 선생님 만나보니 정답습니다."

　이런 알 수 없는 말과 함께 밖으로 나가서 한잔 더 하자며 이 숙이 내 옷소매를 잡아당겼다. 그날 이 숙과 밖으로 나온 나는 더 이상 술을 마시지 않았다. 대신 나는 그녀를 바지락 조개를 아끼지 않고 칼국수를 맛있게 만든다는 음식점으로 안내했다.

그녀가 나에게 보였던 모습들이 자꾸 되새겨졌다. 비록 그녀의 머리카락에 가려 정확히 본 것은 아니지만 다소곳이 고개 숙여 바지락 국물을 떠먹던 그녀의 눈가에 살짝 배어 있던 눈물을 어렴풋하게 봤기 때문이다.

나의 가슴팍 어딘가에서 이상한 열감이 감지된 것은 담배를 많이 피워 가슴팍이 답답한 이유 말고도 이 숙을 만난 뒤부터 심해졌다. 그리고 그 열감은 알 듯 모를 듯 수많은 물음표로 변하여 감히 가까이 하지 못하고 이 숙의 근처에서 떠다녔다.

육일기법

  잣나무 우듬지가 창밖으로 바로 보이는 구립도서관 4층, 두
꺼운 노동법 책에 수건을 말아 잠을 자던 태석은 갑자기 등
짝에 힘줄이 당겨 놀라는 바람에 잠에서 깼다. 태석은 팔을
쭉 뻗고 몸을 이리저리 비틀어 혈액순환이 잘 되도록 도왔다.
또한 고개를 뒤로 젖혀서 두통의 원인인 축농증이 경감될 수
있도록 그의 뒷목을 손으로 마사지하고 자리에서 일어나 잠
시 쉬러 밖으로 나갔다.

  믿기 어려운 사실이지만 태석이 여러 가지 시험을 준비하
고 응시하고 낙방을 거듭해온 지 어언 이십 년이 넘었으므로

그도 그 분야는 전문가가 되었다. 광화문에 있는 중앙청 내부 사무실을 각종 고등고시 원서 교부 및 접수처로 이용하던 시절부터 태석의 공부는 오늘날까지 계속 되었으니 그 중간에 역사도 많이 바뀌었으나 태석은 변함없었다.

"이건 분명 국가 정책이 뭐가 대단히 잘못 된 것이 틀림없다! 아무리 그래도 그렇지 어떤 나라가 이십 년 넘게 시험 봐서 떨어져도 나 몰라라 하는 경우가 다 있냐?"

동네 주택가에 이발 의사 두 대를 설치해서 이발소를 혼자서 운영하는 태석의 아버지가 가게 문을 닫고 저녁 밥상을 기다리며 불만을 터뜨렸다.

태석이 대학생 때부터 준비한 시험을 통한 청운의 꿈은 아버지에게도 상당한 자랑거리였다. 태석의 아버지가 단골들의 머리를 깎아주면서 수년 동안 고객들의 귀에 못이 박히도록 자랑을 해온 터라 그도 손님들에게 말로 진 빚이 많았다.

"이제는 단골들 오면 태석이 놈 얘기 꺼낼까 봐 내가 먼저 겁먹는다니까! 내가 이발소 해서 얼마나 더 나이 먹은 자식 먹여 살리겠어? 앞날 생각하면 눈앞이 다 깜깜하다니까, 정말로! 게다가 저 놈 장가도 들여야 하는데 세상 어떤 처녀가 저런 멀쩡한 한량한테 시집 오겠냐구!"

아버지의 탄식 어린 고함소리를 어머니는 부엌에서 듣고 있었고, 태석은 건너 방에서 자기가 그동안 공부해온 산더미같이 층층이 포개어 쌓아놓은 책 더미를 바라보면서 듣고 있었다. 부엌에서 어머니가 차려놓은 밥상이 다 되어서 태석이가 조심스레 밥상을 들고 반쯤 비켜서 앉아 있는 아버지 앞에 밥상을 내려놓았다. 물론 이 세 명의 식구들은 식사 중에 안 좋은 소식을 듣거나 말하거나 또는 서로 말다툼을 해서는 안 되며, 또한 누가 누구를 책망하는 것은 적어도 식사시간만큼은 금지되어 왔다. 이런 식사 문화는 대체로 다른 집들도 비슷하겠지만, 태석의 집안은 보다 엄격해서 태석이네 할아버지 이전부터 대대로 밥 먹을 때만큼은 가족들끼리 평화로워야 했다.

그렇지만 아버지의 울화통은 좀처럼 가라앉지 않았다. 오히려 밥숟갈 들고 밥 먹을 준비하는 아들의 편안한 모습을 보고 속으로 더욱 화가 치민 아버지는 언제 터질지 모를 폭탄 같았다. 어머니의 말없는 견제가 걱정스런 눈빛이 되어 아버지의 얼굴에 가서 부딪쳤다. 하지만 태평스레 밥상을 둘러보고 자기 국그릇에 담겨 있는, 다른 사람들 것보다 훨씬 큰 동태 토막을 젓가락으로 가리키며 태석이가 한마디 했다.

"우와, 이거 동태만 먹어도 배부르겠네."

다음 순간 태석의 아버지가 폭발했다.

"뭐라고. 이 새끼가 그러는 거야! 이 동태 토막보다 못한 새끼야! 이봐! 이 새끼 다음부터 밥상 같이 차리지 마! 이 놈 보면 도저히 밥을 먹을 수 없다니까!"

그날 아무도 저녁밥을 먹지 못했다. 어머니는 부엌에서 아버지의 잘못 되고 성급함을 탓하며 어떻게 밥상 앞에서 그럴 수 있냐며 큰소리로 항의했다. 태석은 태석 나름대로 속이 많이 상해서 자기 방에서 이를 악물로 소리 내지 않고 울고 있었다. 아버지는 한동안 아무 말도 하지 않고 바닥만 쳐다보고 앉아 있다가 저녁도 못 먹고 다시 이발소로 일하러 갔다.

태석이 다음 번 시험 준비를 하기 위해 마음을 굳게 먹고 강원도 산골 어딘가에 수험생들이 많이 찾는다는 민박집을 예약했다.

"아버지, 이번에 몇 달만 공부 다녀오겠습니다."

가져갈 책이며 옷가지들을 다 챙겨놓은 저녁, 태석은 아버지에게 진심으로 미안해하며 말을 꺼냈다.

"이번에도 성과 없으면 공부 그만두고 뭐라도 해볼게요. 아버지… 그러니 이번까지만 마음 편하게 공부할 수 있도록 도와주시면….”

“그래 알았다. 지금까지 해온 것 아까워서라도 계속해야지. 지금까지 네가 시험에 떨어진 것도 다 그 운이 못 미쳐서 그런다고 하더라. 네 엄마가 어디 가서 물어보았더니 내년부터는 너도 운이 터서 잘 살 수 있다고 하더라.”

“고맙습니다. 아버지, 이번에는 머릿속이 아주 맑아져서 잘할 수 있을 것 같아요.”

태석이 강원도로 떠나기 전날 밤, 늦게까지 이발소에 앉아 있던 아버지는 태석을 이발소로 불렀다. 태석이 이발소 문을 열고 안으로 들어갔을 때 아버지는 양배추를 안주삼아 소주를 마시고 있었다.

“난 그래도 이렇게 먹는 게 속도 편하고 좋다.” 하면서 잔에 소주를 한잔 더 따라놓고 단단한 양배추 속을 뜯어내고 있었다. 태석이 어렸을 때부터 들락거리던 이발소지만 이번에는 느낌이 색달랐다. 그것은 머리 깎는 아버지의 여느 때의 모습이 아닌 것도 있지만 이발소에서 아버지가 술 마시는 것을 이번에 처음 보았기 때문이다.

“태석아, 이번에 공부 다녀와서 네가 이 이발소를 맡아라.”

"뭐라구요, 아버지?"

"아버지가 말하는데 뭐라구요가 뭐야 이놈아!"

아버지는 소주를 쭙쭙 소리를 내며 한잔 비우고 나서 진지하게 말하기 시작했다.

"남의 머리 깎아주는 일도 보통 일이 아니다. 그게 무슨 대수냐 할 수도 있겠지만 이발이라는 건 그저 깎고 깎이는 것이 전부가 아니란다."

평소 아버지 손에 길들여진 이발도구들을 아버지는 유심히 살피면서 이야기를 계속했다.

"손님이 원하는 머리 모양대로 깎고 나면 그게 대부분 일이 끝났다고 할 수 있다. 하지만 진짜 진짜 중요한 건 깎이는 자의 마음을 읽을 수 있어야 해!"

태석은 내일 강원도로 공부하러 가야 하는 아들을 데려다 놓고 이발 기술을 설명하고 있는 아버지가 조금은 원망스럽다고 생각했다. 남아 있는 소주를 잔에 붓고 아버지는 두 사람 그이에 아무도 없는 이발소 내를 휙 둘러보고 또는 문밖에 누가 와서 서 있나 확인하고는 정색을 하고 태석에게 가까이 대고 말했다.

"태석아 너 육일기법이라고 들어봤냐? 이게 머리 깎는 데

있어서 가장 중요한 것이란다. 사람 얼굴과 머리 표면의 신경 체계는 귀나 목 부분을 포함해서 상당히 예민하단다. 아주 작은 자극에도 무척 민감하게 반응하게 되어 있지. 하물며 이발한다고 사람한테 보자기 씌워 놓고 머리 깎을 때 피부를 자극하는 머리카락 조각들은 상상 외로 자극적이란다."

"아버지, 저는 육법전서는 알아도 육일기법은 처음 들어요. 아무튼 이번 공부 후에 결과가 좋지 않으면 다른 일 찾아보겠는데 이발하는 것은 싫어요. 그리고…."

여기까지 하다가 태석은 말문을 닫고 가만있기로 했다.

아버지가 면도할 때 쓰는 칼을 펼쳐들고 거울을 응시하면서 면도칼을 얼굴에 대고 면도하는 시늉을 해보였기 때문이다.

"이것도 아주 사소한 것에서 차이가 난단다. '손님, 지금부터 얼굴 면도를 하겠는데 먼제 제 손과 면도칼을 깨끗이 소독하겠습니다.' 이렇게 말하고 나면 손님은 그 이발사를 절대 잊지 않는단다."

태석이 육일기법이 뭐냐고 아버지에게 물은 것은 그게 뭔지 궁금한 것보다는 그 내용이 뭔지 설명 듣지 않으면 절대 이곳을 헤어나지 못할 것 같았기 때문이다.

"태석아, 네 등을 꼬집었는데 옆구리가 가려운 경험해봤지? 반대로 배 쪽을 꼬집었는데 가슴 쪽에서 따끔거린 적도 있지 않냐? 사람 얼굴은 그런 신경 연결이 많이 퍼져 있단다. 머리를 깎는 동안 눈이나 이마, 코 주위, 목 근처나 귀 옆이나 특히 입 주위는 그런 상대적 신경 반응이 많이 일어난단다. 물론 머릿속도 마찬가지고.

그래서 나온 기법이 바로 육일기법인데, 말 그대로 여섯 번 가위질 하면 한번은 그 신경반응이 나서 가렵고 따끔거리는 곳을 찾아 빗으로 한번 휙 긁어주는 것이지. 빗으로 한번 긁어야 할 부위를 육감적으로 즉시에 찾아낼 수 있는 것이 진짜 이발사란다.

이렇게 되면 단 한번이라도 그 이발사에게 머리를 깎아본 사람이면 평생토록 자기 머리를 시원하게 깎아준 그 이발사를 잊지 못하는 거지. 적어도 머리 깎을 때만큼은 말이다."

태석이 강원도에 있는 민박집에 도착했을 때 그곳은 공부만 하러 온 사람들만 있는 것은 아니었다. 어떤 사람들은 공기 좋고 물 좋은 곳을 찾아 자기 병을 치료해 보려고 요양차 와 있었다. 태석과 비슷한 입장으로 공부에 열중하는 사람들은 서로 모여 번갈아가며 출제자나 시험관이 되어 상대방을 치켜 세워주고 독려하며 답안지 작성법을 서로 지도해 주었다.

　몸이 아파서 요양 온 사람들은 대체로 말수가 적었으며 지나가다가 마주쳐 인사라도 하면 그저 가볍게 받아줄 뿐 더 이상 대화를 나누려 하지 않았다. 다만, 같은 입장으로 몸이 아픈 다른 사람들끼리는 형제간처럼 친하게 지내는 것 같았다.

　태석은 민박집에 와 있는 동안 더 이상 시험공부를 하지 않고 밥만 축내고 빈둥대기 시작했다. 그것은 빨리 돌아와서 이발소 일을 도우라는 아버지의 독촉도 있었지만, 요양 오러 온 사람들에게 담당 병원에서 수일 내로 병원으로 들어오라는 내용을 받아든 환자의 무표정한 얼굴을 몇 번 본 후로 태석은 공부도 너무 오래 하면 건강에 좋지 않다는 생각이 들었기 때문이다.

참외

새벽녘 물안개가 피어오를 때까지 단 한 마리의 물고기도 못 건져 올린 낚시꾼은 긴 하품을 토해냈다. 밤사이 잠깐 잠든 틈에 모기에 물린 얼굴이 누가 쥐어뜯어 놓은 것처럼 부어오르고 화끈거렸다.

오성건재라는 건축자재를 판매하는 사업장을 운영하는 마장길 씨는 그의 나이가 팔십이 되었지만 살찌지 않은 체구에 비교적 건강 체질이라 아직도 여기저기 낚시 드리울 곳을 찾아다녔다. 다만, 그가 걷는 것을 보면 다리를 조금씩 저는 듯한데 그것은 625 전쟁 때 포항에서 북한군에 쫓기다 다친 것이라 했다.

"장길아 어서 일어나."

전쟁 당시 포항 전투가 한창일 때 자고 있는 그에게 부친이 꿈에 나타나서 그를 황급히 깨웠다는 것인데, 실제로 일어나 보니까 길 양쪽으로 북한군이 줄지어 있는 것을 보고 뛰어 달아나다 절벽에서 다친 것이라 했다.

그는 낚시 가방을 정리하고 앉아 있던 주위를 깨끗이 청소했다. 큰길까지는 비탈길을 올라야 했으므로 미끄러져 떨어지지 않도록 조심조심하였다. 그가 큰길에 거의 다 와서 다시 한 번 고래를 돌려 낚시하던 자리를 한 번 더 보고 큰길에 완전히 올라섰다. 시외버스 종착점까지는 삼십 분 정도 걸어야 했다. 물고기를 한 마디도 잡지 못한 것이 조금 허전하기도 했으나 어설프게 두어 마리 획득하는 것보다 아예 없는 것이 낫다고 생각했다.

마장길 씨는 버스 종착점 부근에 보아둔 식당에서 바특하게 끓여낸 청국장을 주문해서 밤새 지친 속을 달랠 생각으로 걸음을 재촉했다. 그가 절반쯤이나 걸어서 저만치 굽어진 쪽으로 큰 차량도 다닐 수 있는 다리가 지점에 도착했을 때 그의 눈에 띄는 것이 있었다. 그것은 길가에서 산기슭에 이르는 중간중간에 섬돌을 놓아 오르게 한 비닐하우스 같은 집이었다.

마장길 씨가 그 집같이 생긴 곳을 불청객으로 방문하게 된 것에 특별한 이유는 없었다. 다만 듬성듬성 괴어진 섬돌 주위로 심어놓은 분꽃이 그를 그곳으로 끌어들인 유인제가 되었다.

"이야, 이것 봐라. 오늘 아침에 물고기 잡는 대신에 보물들 구경하게 되었네."

마장길 씨는 어렸을 때부터 흐린 날이나, 맑은 날 아침에만 꽃을 피우는 분꽃을 매우 좋아했다. 그가 아직 학생이었을 때 이 분꽃을 제목으로 해서 실을 지어서 선생님께 칭찬 받고 학생들 앞에서 그 시를 낭독해본 경험도 있었다. 그래서 분꽃의 기억은 마장길 씨에게는 시간과 장소를 구분을 무디게 해주는 꽃이었다.

많은 시간이 지나가더라도
여태 무심하다가
오늘 아침에야

비로소 분꽃을 보았습니다.

무슨 생각이라도 해보려고

마음 먹었으나

아무 생각도 들지 않았습니다

그래도 다시 무슨 생각이라도

떠올리려고 해보았으나

또다시 아무 생각도 떠오르지 않았습니다

그래도 가만히 그 자리에 있는데

밤새 분꽃을 피워낸

이슬과 바람이

어느 틈에 나타나

등 뒤에 서서

그만 보고 가라고 합니다

마장길 씨가 시를 외우고 상념에 젖어 이 생각 저 생각을 하며 그 비닐하우스 집 주변을 서성일 때 집주인인 듯한 사람이 양동이에 민물고동을 잡아 담아들고 마장길 씨 뒤에 다가섰다.

"뭐 좀 가져갈 것이라도 있습니까?"

집주인이 들고 온 양동이를 소리 나게 바닥에 내려놓았다. 집주인과 불청객이 서로 얼굴을 대면하는데 둘이 연세가 비슷한 주름살 계급장이라 한동안 말없이 바라보았다.

"미안하게 됐습니다. 분꽃 농사를 하도 잘 지어놓으셔서 그것 구경하느라 본의 아니게 선생께 폐를 끼치게 되었습니다. 나는 무엇을 훔치러 다니는 사람이 아니고, 밤새 낚시질 하다가 귀가 중에 있는 사람이니 너무 나쁘게 생각지는 마시기 바랍니다."

마장길 씨가 불청객으로서 방문의 변명을 마치고 등 돌려 돌아가려 하자 집주인이 그를 불러세웠다.

"여보슈, 노선생! 내가 아까 당신 낚시질 하는 것 지나다 잠깐 보았는데, 초면에 내가 말을 좀 막해버린 것 같소. 조금 미안하오. 진작에 집 앞에 꽃을 심어놓은 것도 혼자 사는 외로운 늙은이가 사람 낯을 구실로 만들어놓은 것이니 당신은 이제 이 집 손님이 되었소."

마장길 씨보다 몇 살은 더 먹은 집 주인은 노인답지 않게 빠른 몸놀림으로 가져온 민물고동 양동이를 한 쪽으로 치워놓더니 잠겨 있지 않은 문을 열어 마장길 씨에게 집안을 보여주면서 들어갈 것을 권했다. 노인은 주름진 얼굴에 미소를 지어보이며 자기도 아직 아침식사 전이니 같이 한 술 뜨자며 부산하게 움직이기 시작했다.

집안은 혼자 사는 늙은이의 흔적이 여기저기 걸려 있었다. 하지만 모든 것이 정리정돈이 잘 되어 있었고, 한 쪽에는 책걸상까지 준비해놓고 무슨 책을 읽는지 몇 권의 책도 그 위에 올려져 있었다.

아침식사를 준비하는 노인은 모처럼 찾아든 손님을 위해 정성을 다해 음식을 차렸다. 우선 한쪽에 비스듬히 세워둔 개다리소반을 가져다가 행주로 깨끗이 훔친 다음 수저를 올려놓았다.

미리 다듬어 놓은 토란줄기를 된장에 섞어 끓여내 오고 잠시 밖으로 나가더니 제법 큰 오지 그릇을 가슴에 보듬고 들어와서 조심스레 바닥에 내려놓았다. 노인은 젖가락으로 오지 그릇 안을 뒤적여 투덕투덕 털어내며 접시에 반찬을 얹어놓았다.

마지막으로 수북하게 퍼담은 밥 그릇 두 개가 올려지고 식수가 곁들여진 후에 집 주인과 마장길 씨는 밥상을 사이에 두고 마주 앉았다.

"이거 곤히 입맛 없는 손님 데려다가 부실한 반찬으로 실례하는 것 같아 미안한 마음이 드오. 이것들이 내가 주로 먹고 사는 것들이니 노선생께서는 그냥 재미삼아 몇 숟갈이라도 잡숴보시오."

집주인이 아침식사를 위한 인사를 끝낸 후 국물을 떠서 입을 적시고 젓가락으로 된장이 털려나간 깻잎과 고춧잎을 집어 밥에 넣고 한 숟가락 움푹 떠서 입에 넣었다.

"잘 먹겠습니다. 시장하던 차에 이렇게 아침을 먹게 해주셔서 고맙습니다."

마장길 씨도 주인 노인이 하는 것처럼 국물을 떠서 맛을 보고 젓가락으로 깻잎과 고춧잎을 가져다가 밥을 오므려서 한 입 먹었다. 이제까지 마장길 씨가 주로 먹고 살았던 것들과는 사뭇 다른 음식들이 뱃속으로 들어가 속이 편해지고, 마음이 명랑해지는 것 같았다. 절여진 깻잎과 고춧잎에 간간히 묻어 있는 된장이 별로 짜지 않고 담백해서 듬뿍 집어다 먹어도 입안이 개운했다.

"그런데 이건 뭡니까? 무엇인데 이렇게 감칠맛 나고 고소합니까?"

마장길 씨가 밥그릇을 절반이나 비우다가 콩잎을 젓가락에 거머쥐고 집주인에게 물었다.

"뭐 말씀이오? 아 그거 콩잎이지요. 내가 한 장 한 장 잘 따다가 잘 접어서 된장에 박은 콩 잎사귀요. 연세가 많으셔도 아직 못 자셔본 음식이 있나 보오."

집주인이 너털웃음을 짓다가 입에서 밥알 몇 개가 새어나왔다.

"나이 많은 사람들한테 좋은 음식이니 손님도 많이 드시고 특히 나중에 대변이 좋게 나오니 속도 후련하다오."

"오늘 좋은 것 아주 많이 배웠습니다. 나도 집에 가면 식구들에게 재료 구해다가 된장에 잘 박아 놓으라고 말해서 오늘 이 맛을 꼭 다시 보겠습니다."

식사를 다한 후 마장길 씨는 그릇들을 모아 깨끗하게 씻어 놓고, 또 눈에 띄는 주변의 잡일을 도와 집주인에게 식사대접을 받은 감사표시를 했다.

"선생, 다음에 또 이곳으로 낚시 올 때면 꼭 내 집에 들러주시오. 만약 내가 이곳에 없으면 선생 마음대로 문 열고 들어와 쉬셔도 좋소. 이곳저곳을 열어 자실 것 찾아 드셔도 좋소. 그렇게 하고 있으면 내가 곧 들어오리다. 내가 아침마다 물가에 나가서 다슬기 잡아다 팔아서 모은 돈도 저쪽에 있으니

필요하면 가져다 쓰서도 돼요. 그리고⋯ 내가 만약 주고 없으면 선생이 이 집을 가져도 좋소. 어차피 나는 혼자 사는 인생이고 이 집은 아직 쓸만 하다오."

마장길 씨가 그만 일어나 돌아가려고 한 것은 이제 그만 가보아야 할 때가 되기도 했지만, 상대가 너무 마음을 열고 대드니까 부담스러워 거북한 마음이 동했기 때문이다.

"오늘 여러 가지로 고마웠습니다. 그리고 좋은 말씀도 많이 해주서서 감사했습니다. 이제 그만 가려는데 멀리는 나오지 마십시오."

이런 인사를 남기고 가려는 마장길 씨를 말려서 집주인은 손님을 도로 앉혀 놓았다.

"잠깐 동안만이라도 참외를 들고 가셨으면 하오."

이 말에 마장길 씨는 본인이 직접 참외를 깎아야겠다는 생각에 주위를 두리번거렸다.

"아니⋯ 그 먹는 참외 말고, 내가 지은 시 중에 참외라는 제목의 시가 있는데 들고 가시란 말이오."

집주인은 책걸상이 있는 자리로 가서 종이를 한 장 꺼내들고 마장길 씨에게 다가왔다.

"사실 나는 젊었을 때부터 시 쓰기를 좋아했소. 사람들이 보통 말하는 전문적인 시인은 아니오. 하지만 세월이 지나면서 '시'는 보석같이 느껴지오. 어떤 이는 그 보석을 세상에 드러내놓아 그 가치를 공유하길 바라고 또 어떤 이는 숨겨놓고 세상에 드러내놓지 않고 묻어두는 이들도 있소. 그 묻혀진 것들 중의 하나가 바로 참외요, 한번 구경이나 하시오. 아무리 바쁘시더라도…"

선생님으로부터
우리가 사는 땅이
공중에 떠 있다는 말 듣고
참 외롭다
부드럽고 따뜻한 손이
만지면 가시가 돋쳐
손이 찔린 후에
참 외롭다
남들이 아름답다고
멋있다고 한 것들이
더 슬프게 보여
참 외롭다

겉으로 웃고 있는데

속으로 우는 모습이

더 잘 보여

참 외롭다

모른척하고 안 보는데

바람이 흙이 강물이

먼저 알아보고 오라 하는데

참 외롭다

구도의 길을 가자니

그것도 길이라고

차비를 내놓으라니

참 외롭다

누구의 장난질인지

하루하루가 깜박거려

시간이라는 거짓말에

참 외롭다

다 똑같이 삶이 유일하게

자기 체온을

남의 피에 의존하니

참 외롭다
외로움에 대항해서
굳세게 이기려 해도
눈만 감아도 암흑천지인 것이
참 외롭다.

적당히 달구어진 햇볕이 시외버스 창문을 통해 마장길 씨의 얼굴에 와 닿았다. 밤새 피곤함으로 잠을 청해 보았으나 가만히 눈만 감고 더 이상 잠은 오지 않았다. 대신 얼마 후에 만나게 될 가족들과 주변 사람들의 얼굴이 마장길 씨의 머릿속에서 한 명씩 그려지며 떠올랐다. 그리고 잠꼬대처럼 뭐라고 한마디 중얼거렸다.

"무언가 믿고 살아야 해. 하나님이든지 부처님이든지 아니면 다른 거라도…."

여반장

넥타이를 맨 점퍼 차림의 건설회사 직원들이 그날 작업량을 지시받고 있는 잡부들 앞으로 지나가고 있었다.

"에…! 오늘은 일동 지하에 고여 있는 빗물을 오전에 다 퍼내야것네. 어떤 놈들이 지하에 똥을 많이 질러 놓아서 순전히 똥물인게, 창고장에게 말해서 양수기 가져다가 깨끗이 비워야 할 것이야!"

작업반장이 듬성듬성 모여 있는 잡부들에게 신경질적으로 작업 지시를 하고 있을 때 오 씨는 물끄러미 멀쑥한 차림의 회사 직원들을 쳐다보고 있었다.

"이봐, 오 씨! 내가 지금에 오전에 뭣 작업하라고 했지?"

오 씨가 산만하다고 생각한 작업반장이 놀라서 눈을 꿈뻑이고 있는 오 씨에게 약간 큰소리로 다그쳤다.

"아… 그것이 잘은 모르겠는데 오전에 변소 치우다가 양수기 청소하고…."

오 씨가 얼버무리고 있으니까 작업반장의 이마 복판이 찌그러지면서 잡부들 전부에게 소리쳤다.

"앞으로 오 씨에게는 야근 주는 게 힘들것네. 저렇게 말을 안 들으니 무슨 야근을 해먹을 수 있겠는가?"

야근을 하면 몇 시간만 일을 더하고 하루 일당의 반을 더 주고 저녁식사도 제공되므로 야근 근무자로 지명되는 사람은 다른 잡부들의 부러움을 샀다. 오 씨는 몇 명의 잡부들하고 자재창고로 향하면서 혼자말로 투덜거렸다.

"젠장, 별 걸 다 가지고 시비 걸고 그러네. 자기는 허구한 날 지하 시멘트 방에 전기담요 깔고 누워 자면서 말야. 누가 그깟 야근 못 잡아서 안달인 줄 아나 봐."

전날 오 씨는 오후 내내 거푸집 옮기는 작업 때문에 등짝이 아팠다. 그래서 오늘 야근이 생겨도 할까 말까 생각 중이었는데 작업반장이 너무 야근 가지고 유세 부린다고 생각했다. 오 씨 일행이 자재창고에 도착해서 근처에 모여 있는 사람들에게 자초지종을 이야기하고 창고 문이 열리길 기다렸다. 먼저 와 있던 사람들도 못 빼기 작업을 할당 받아 창고 열쇠를 기다리기는 마찬가지라 오 씨는 주저앉아 있을 곳을 두리번거리는데 작업반장이 왔다.

"열쇠 가진 직원이 회의 들어가서 없응게 여기서 시간 보내지 말고 경비실 옆에 가서 양동이하고 물삽 가져와서 일일이 퍼서 담아내야겠네. 자, 어떻게 하겠는가, 상황이 이런데… 얼른들 장화 바꿔 신고 오물이 옷에 묻지 않게 조심히 퍼내도록 해."

오 씨 일행 중 누군가 반장이 사라지자 양동이를 가지러 가면서 한마디 했다.

"어허, 이거 저녁에 집에 들어가면 식구들이 나보고 어디서 똥 푸다 온 줄 알것네. 저쪽 삼동 건물에 작업용 승강기 세우러 들어온 사람들은 여자가 작업반장이던데!"

열시가 되어 뜨겁게 끓인 국수를 새참으로 먹다가 김 씨가 말했다. 집에서 고추장에 버무린 마늘을 반찬으로 가져온 김 씨는 다른 사람들하고 달리 잡부 무리에 속해 있어도 철근 다루는 기술이 있어서 며칠 전부터 'ㄷ'자로 철근을 구부리는 작업을 하고 있었다. 그래서 작업반장과 김 씨가 이야기할 때는 서로 조용하고 친근감있게 말을 주고 받는 모습이 일반 작부들하고는 차이가 났다. 물론 김 씨에게는 작업에 따른 기술료가 붙어서 받아가는 돈이 남들보다 많았다.

"마늘 반찬이 밥에는 좋은데 국수에 같이 먹기는 조금 독한 것 같은데…" 하면서 김 씨는 젓가락으로 먹던 반찬을 여럿에게 내놓으면서 인심을 썼다. 오 씨가 마늘 반찬을 집으면서 김 씨에게 한마디 했다.

"김 씨, 오후에 작업용 승가기 여반장한테 인사 한 번 가야 할 것 아닙니까?"

이 말에 함께 모여 있던 사람들은 끌끌거리면서 웃음을 흘렸다. 사실 김 씨는 소문대로 하자면 여자들을 사귀는 솜씨가 좋아서 저녁 때면 중년들이 모여 술 마시고 대화도 나눈다는 모임에 나가 매력을 풍긴다는 말이 많았다.

"뭘요, 사람은 꾸미기 나름이고 옷이 날개인데 이런 작업복 차림으로 어떻게 여자에게 다가갑니까?" 하면서 김 씨 특유의 입가에 미소를 지으면서 가늘고 긴 눈을 끌어 모아 웃음 지어 보였다.

"어라! 이거 오늘은 왜 이리 새참이 긴 것이여! 자, 빨리 빨

리들 식사 마치고 점심 먹기 전가지 오전 일 다 마쳐야 될 것
이야."

작업반장이 와서 잔소리를 하는 바람에 그릇 씻는 당번 이
외의 사람들은 전부 입에서 '그르럭' 트림 소리를 내며 다시
작업장으로 향했다. 집이 가까운 사람들은 점심시간이면 집
으로 향했다. 구내식당에 모여 점심을 해결하는 사람들이 대
부분이었고 그들의 식대는 나중에 받을 돈에서 차감되었다.

"오늘 오후는 겨울에 쓸 화목을 손수레에 모아서 준비하는
작업일세. 겨울에 따로 연료가 지급되지 않으니까, 충분히 모
아야 할 것이야. 이게 다 여러분들 겨울에 춥지 않게 하기 위
해서 하는 것이니까 많이 실어다 놓도록 해!"

작업반장의 오후 주문이 내려졌다. 공사장에 산재해 있는
나무 공작물 찌꺼기들은 청소도 하고 또 그것을 겨울에 반한
용 연료로 쓸 계획으로 생긴 작업이었다. 조금만 다녀도 손
수레는 가득 찼다. 이것들이 화목으로 쓰일 좋은 생각보다는
치워야 하는 중압감이 훨씬 더 클 정도로 나무 쓰레기들이
많았다.

오 씨가 끌고 가는 수북이 쌓인 손수레는 두 사람이 뒤에
서 밀어도 겨우 비탈진 곳을 삐걱대며 오르며 야적장으로 향

했다. 수난 손수레 앞이 확 들리면서 나무 더미가 뒤로 쏟아지려 했다. 이때 뒤에서 밀던 두 사람이 나무더미를 손으로 막으려 하자 오 씨가 소리쳤다.

"팽개치고 물러나세요. 다시 주워 담으면 돼요. 사람이 다치면 다시 담을 수 없잖아요!"

목수들이 작업하고 난 나무 쓰레기들은 건물 층층마다 아무렇게나 버려져 있어 잡부들은 그날 오후 많은 일을 해야 했다. 커피도 한 잔 하고 조금 휴식을 취하려 오 씨 일행이 구내식당에서 시간을 보낼 때 김 씨가 몹시 화난 얼굴로 들어왔다. 평소 화가 나도 잘 내색을 않던 김 씨가 무슨 일이 있었는지 씩씩대며 땅을 발로 찼다.

"내가 그 여반장을 저녁에 일 끝내고 만날 것도 아니고, 같은 작업장에서 이것도 인연인가 싶어 격식 무시하고 가서 인사했는데 이건 사람이 인사를 아무리 해도 대꾸가 없는 겁니다!"

"뭐라고 인사했는데 그럽니까?"

오 씨가 김 씨에게 물었을 때 김 씨는 기막히다는 듯 대답했다.

"더운 여름도 가고 공기가 신선해져 어디서 찬바람이 포도

향기 섞어져 불어와 마음이 적적하여 코가 맵고 감기 들려 하오. 안녕하시오. 여 선생! 내가 이렇게 대들면 아무런 여자라도 대충 좋게 받아들여 대꾸하기 마련인데, 그 여반장이 나에게 어떻게 한지 아우? 아니, 글쎄 이 여자가 몸뚱이도 안 돌리고 고개만 겨우 돌려 나를 보더니 대뜸 사람 위아래를 훑어보는 것 아닙니까!"

"그래요? 그런데 인사를 너무 높여서 한 것 아니우?"

오 씨가 한마디 했다.

"그 와중에 그렇게 수준 높은 말이 들어가면 씨가 안 먹힐 것도 같은데…."

오 씨가 남은 커피 잔을 비우고 오후 작업을 마무리하기 위해 식당을 나가려 하자 김 씨가 막아섰다.

"오 씨, 내가 가끔 일 끝내고 공사장 정문으로 나가지 않고 지름길 삼아 드나드는 곳 알지요?"

그곳은 김 씨뿐만 아니라 아는 사람은 다 알고 있는 공사장 뒤편에 있는 철재 패널 울타리를 뜯어낸 문 아닌 문이었다.

"내가 오늘밤 그곳에다 차를 한 대 가져다 댈 것이니 그 여반장네 자재창고를 열어서 짊어지고 나올 수 있는 것은 전부

들고 나옵시다. 내가 지금 심사가 대단히 뒤틀려서 그렇게라도 하지 않으면 안 될 것 같소. 그 물건들 처리할 수 있는 곳도 내가 알고 있으니 나중에 반씩 나눕시다."

"우리가 벌이가 적은 것이 아니오. 술 담배만 안 해도 얼마든지 부자로 살 수 있소. 항상 젊은 사람들이 문제요. 그 사람들은 저축을 않고 술을 사먹고 실수를 많이 하지요."

언젠가 잡부가 회식 자리에서 오 씨가 '한 말씀' 할 차례가 되어 내놓은 말이었다. 당장은 그 자리에서 이렇다 저렇다 대답을 못한 오 씨는 퇴근이 가까워질 때까지 남은 작업을 하면서 마음이 편치 않았다.

실제로 작업반장은 오 씨를 아꼈다. 짧게는 일이 년, 길게는 몇 년씩 걸리는 공사판에 작업반장은 오 씨를 데리고 다니면서 일이 끊이지 않도록 배려해주었다. 오 씨는 소중한 직장이 날아가지 않도록 결정해야 할 시기가 왔다고 생각했다.

저녁 무렵 아직 퇴근시간이 삼십 분 정도 남았는데 작업량을 너무 일찍 끝낸 잡부들이 모여서 서로 눈을 쳐다보고 있었다. 그리고 그둘 중 한 명이 작업용 신발 한쪽을 벗으며 말했다.

"나는 이 일이 나한테 딱 맞는데 한 가지 불편한 것은 바로 이 지독한 무좀병이야. 저녁에 신발을 벗어보면 아주 그냥 발하고 양말하고 신발하고 안에서 떡이 되어 나온다니까."

오 씨가 작업반장이 있는 건물 지하 시멘트 방에 들렀을 때 작업반장은 구절초를 달여 먹고 있었다. 진한 쑥냄새 같은 것이 시멘트 벽 면면에 퍼져서 눈에 안 보이는 벽지처럼 둘러섰고 그 사이에 앉아 있는 작업반장은 방금 공중부양을 마친 사람처럼 가만히 앉아 있었다.

"내가 몸이 차고 몸살이 잦아서 가끔 구절초를 끓여 먹는데 오 씨도 한 그릇 할랑가?"

작업반장이 오 씨의 대답을 기다리지 않고 한 잔 따라서 오 씨에게 내밀었다.

"저기… 철근 일하는 김 씨가 오늘 오후에 작업용 승강기 작업하는 여반장에게 인사하러 갔다가 마음이 상해서 오늘 밤에 거기 자재창고를 털려고 하는데요…"

오 씨가 한 말에 작업반장은 구절초 물을 마시다가 억! 억! 소리를 내며 기침을 마구 했다.

"김 씨가 워낙 말수는 적은데 생각은 깊고 더구나 여자 보는 감각이 남달라 그런 것 같습니다."

오 씨가 변명처럼 늘어놓았다. 작업반장은 한참동안 숨 고

르기를 하더니 오 씨를 보고 말했다.

"그래 그것들 가져다가 팔아서 둘이서 나누면 꽤 나오겠구만. 이제 나도 알게 되었으니 셋이면 나누면 어떻겠는가? 자네들만 해먹고 나는 맨 입인가? 이왕이면 전부 가담해서 공평하게 나눠먹지 그래. 그럼 훔치기도 아주 쉽겠네. 그냥 앞에 차 대놓고 싣고 나오면 쓰것네. 이봐 오 씨, 김 씨 보거든 이야기 좀 해줘야것네. 결국 돈이 문제고 여자에 마음 상한 건 핑계 아닌가 말여."

작업반장이 밖으로 나가버린 후에 가만히 서 있던 오 씨는 구절초 달인 물이 식어서 쓴 맛이 나기 전에 얼른 마시고 자기도 밖으로 나가봐야겠다고 생각했다. 작업용 승강기 작업자들이 일을 마치고 차량에 올라타 밖으로 막 출발하려 할 때 작업반장이 그들을 세웠다.

"에, 여러분 오늘 아주 수고가 많았습니다요. 다름이 아니라, 우리 일꾼 중에 한 명이 마음이 아주 약한 것이 하나 있어서, 아까 낮에 여반장님께 인사 갔다가 속이 좀 안 좋은 것 같습니다요. 만약에 다시 인사드리러 가면 한 번 고개만 끄덕여 주시면 고맙겠습니다요." 하면서 작업반장이 너털웃음을 지어 보였다. 차 안에서 여반장을 비롯한 몇 명의 기술자들은 차 유리문을 닫으면서 별 반응 없이 공사장 출구 쪽으로 차를 몰고 가버렸다.

하루 일이 다 끝나고 작업반장과 잡부들이 다음 날의 작업 내용을 확인하고 안전모 착용의 중요성을 언급한 다음, 서로 수고했다고 인사하고 퇴근 준비를 하게 되었다. 작업반장을 만나고 왔다고 김 씨에게 고한 오 씨는 김 씨와 함께 작업반 장 앞에 섰다.

"어이 김 씨, 도둑질 말어… 나도 옛날에 뭐 좀 훔쳐다 돈으로 바꾼 것 있었는데, 그건 돈도 아녀, 분명 아니어… 여기 오 씨 말대로 술 담배만 안 먹어도 얼마든지 부자로 산다는 것이 맞는 말이랑게.

그리고 내가 아까 여반장 만나서 잘 이야기해두었는디, 뜬금없이 뭐하러 인사는 다리고 지랄들 하는가 말여. 진짜로 인사해야 할 때는 등판을 떠밀어도 안 굽히고 꿋꿋하더니만…. 늙은 내가 젊은 사람들에게 찾아가서 이런저런 맥 없는 얘기하는 것 이번이 끝인게 조심들해.

그리고 김 씨. 나중에 일하다 시간 좀 내서 공사장 울타리 터진 곳 매듭 좀 잘 지어 놓아야 쓰것네. 그럼 내일 보자구들."

술 깨는 술집

　아무리 둘러보아도 집안 어느 구석에도 책 한 권 보이지 않은 집에 초대되었다면 그저 앉아서 주는 음식 잘 받아먹고 절대로 말 한마디 하지 않는 사람이 있었다.

　"잘한다, 잘들 한다, 책 한 권 없이 자식들에게 해줄 말도 참 많겠다, 에라이~"

　이와 같은 속마음을 얼굴에 그려 말없이 미소로 보여 주었지만 항상 돌아오는 대답은 어느 집이나 비슷했다

　남자는 "말 좀 해 이 사람아!"이고 여자는 "어머 너무 조용하시네요!"이고 자식은 "아버지, 이 아저씨 누구야?"였다.

끝내 문밖 배웅을 받을 때도 그는 그냥 웃기만 했다.

문방구를 겸한 서점을 운영하는 장성구는 요즘 매출이 너무 적어 걱정이 많았다. 서점 유리창 일부를 부숴버리고 그 자리를 새로 고쳐서 떡을 좀 볶아 보든가 아니면 호떡을 만들어보든가 하려고 생각도 해보았다. 서점 문을 열고 닫는 것이 모두 자기 마음대로라서 어느 날은 매출이 생각보다 좋아서, 어떤 날은 책이 너무 안 팔려서, 갖가지 이유를 만들어서 '한잔' 하려고 문을 일찍 닫는 날이 거의 매일이었다.

그는 혼자 술집에 다니는 것을 좋아했는데 주로 자기 집과 서점 사이에 있는 선술집 정도의 값싸면서도 저녁식사를 함께 해결할 수 있는 푸짐하게 주는 술집을 잘 다녔다. 그는 술집 주인에게 말을 걸어 노닥거리거나 어느 선배처럼 가져간 책을 술상에 펼쳐놓고 자칭 멋지고 고상하게 독서를 즐기는 것은 아니다. 장성구의 이야기는 혼자 술잔을 기울이다 보면 어느 순간 자기가 앉아있는 공간이 조금 밝아지는 듯 하면서 동시에 주위가 좁아진 것 같은 느낌이 들면 알맞게 취한 것이라 했다. 그가 그 맛을 보러 혼자 술집에 잘 다닌다는 것이다.

여러 명이 떠들면서 마시는 술은 그 맛을 감지해 낼 수 없고 술 마시는 양 조절이 잘 안 되서 과음하게 된다는 것이다.

어느 비오는 날 저녁 평소처럼 적당히 술을 마신 장성구는 비에 젖어 있었다. 준비성 많은 그가 미리 우산을 들고 퇴근했지만 술집에서 나올 때는 잠깐 비가 그쳤기 때문에 술집 주인은 그에게 우산을 챙겨 주는 것을 깜빡했다. 그가 사는 동네에 거의 다 왔을 때 다시 비가 내리기 시작했지만 그는 그냥 우산 없이 터벅터벅 걸어가고 있었다.

그날 밤 그가 술집에 찾아 들었다. 비를 그었다가 갈 목적도 있었지만 그가 사는 동네에 있는 술집에 한 번도 안 가본 것에 대한 알 수 없는 의무감도 발동했기 때문이다.

그 술집은 조명이 너무 밝았다. 형광등을 잔뜩 달아놓아서 밖에서 그 술집을 보면 술집이 아닌 생각이 들 정도로 형광등이 너무 밝았다. 아마도 장성구가 이때까지 그 술집에 한 번도 안 가본 것은 주당이 느끼는 본능으로 '이건 술집이 아니다'라고 저절로 머리 조작이 되어 그랬던 것 같다.

장성구가 그 술집 안에 들어서자 아무도 없었다. 주인도 없고 손님도 없고 강력한 형광등 불빛만 공간을 꽉 채우고 있었다.

"아무도 안계세요?"

그가 자리를 잡고 앉으면서 옷에 묻은 물기를 털어 내고 있어도 안에서는 아무 기척이 없었다. 대신 출입구 쪽에서 정면에 주방이 있는데 그 한 켠에 칸막이로 가려진 방 같은 곳에서 작으나마 무슨 소리가 들렸다.

"으─으─으─으─… 어─으─어─으 어으윽…."

그 소리는 분명 술 마시러 들어온 손님에게 술집 주인이 내는 소리는 아니었다. 비에 젖어 들어온 장성구는 미리 마신 술기운이 한기로 바뀌는 것을 느꼈다. 그의 뒷목덜미하고 어깨가 서늘해지고 양쪽 겨드랑이 뒤쪽으로 피부가 일어나는 것을 알고 있었다. 장성구가 몸을 일으켜 들어 왔던 출입구 쪽으로 소리 내지 않고 몇 발자국 걸었을 때 뒤에서 주인이 그를 불러세웠다.

"아유, 미안해요, 깜빡 잠이 들었나 봐요, 어서 앉으세요. 비가 아직도 오나 봐요?"

황급히 뚝배기에다 고춧가루 넣어서 콩나물국 끓여오고 계란부침도 만들어서 내놓았다.

"소주 하셔야죠? 오늘은 안주가 뼈 해장국만 되는데요."

젊은 여자 같기도 하고 한참 나이든 여자 같기도 한 주인은 나이 측정이 잘 되지 않았다.

주인 여자는 장성구가 먹을 음식을 준비하는 도중에도 이상한 소리가 났던 칸막이 안을 곁눈질로 바라보았다.

"그래도 찾아보면 뭐라도 다른 안주가 없을까요?"

뼛국물을 별로 좋아하지 않는 장성구는 해장국 국물을 대충 먹고 다시 주문했다. 그녀가 말없이 냉동실에서 물오징어 하나를 찾아내 삶은 후에 초고추장과 함께 내놨다. 자꾸 무언가 조바심치는 주인여자의 모습을 벌써부터 눈치 채고 있던 장성구는 소주 한 병을 추가로 주문하면서 술값으로 만칠천 원을 미리 지불했다.

그의 짐작대로 주방을 대충 손질하던 그녀는 슬그머니 칸막이 안으로 사라져 버렸다. 술이 많이 취한 장성구는 귀가 멍해지고 시야가 좁아지는 것을 느꼈다. 그리고 그의 눈길이 자꾸 주인이 사라진 칸막이에 가서 부딪쳤다.

시간이 지나자 어디서 나타났는지 팔뚝만한 쥐가 배수구며 쓰레기통 주위에서 코를 벌름거렸다. 소리를 내지 않고 자리에서 천천히 일어난 장성구는 아주 조심스럽게 발걸음을 칸막이를 향해 한발 한발 움직였다. 비록 주인 여자에게 발각 되더라도 갖은 이유를 대면 그만일 것 같았다. 손님만 혼자 두고 사라져 버렸으니 하다못해 직접 물이라도 가져다 먹는 중이라고 할 심산이었다.

그가 술이 많이 취할수록 칸막이 뒤에 대한 궁금증이 더욱 커져갔다. 만약 그 안을 들여다보지 못하고 그냥 간다면 그 이상하고도 기분 나쁜 신음소리가 앞으로도 계속 그의 귓전에서 떠나지 않을 것 같았기 때문이다.

아무리 조심해도 수취한 장성구에게 물건들이 스스로 와서 부딪쳤다. 하지만 무슨 소리가 나도 안에서는 아무 반응도 없었다. 숨소리조차 들리지 않았으며 애초에 빈집처럼 조용하기만 할 뿐이었다.

장성구가 칸막이에 거의 다가가 한손으로 벽을 짚으면서 안을 조심스럽게 들여다보았을 때 그는 동시에 두 사람하고 눈이 마주쳤다. 오랫동안 몹시 아파온 듯한 남자가 환자복 차림으로 누워 있는데 온몸이 바싹 말라서 얇은 이불을 덮고 있지만 마치 몸이 없는 것처럼 보였다. 핏기 없는 환자의 얼굴은 그대로 눈만 감고 있었다면 죽은 사람처럼 보일 정도로 뼈에 가죽만 붙어 있었다. 그리고 겨우 눈을 들어 장성구를 바라보는데 그 얼굴이 힘들게 변하면서 약간 미소를 지어 보였다.

환자 옆에는 부인인 듯한 주인 여자가 미동도 않고 환자 쪽을 향해 누워 있었다. 좀 전까지 장성구에게 음식을 해주는 분위기는 전혀 없고 표정 없는 눈으로 환자의 얼굴을 응시하고 있었다.

"잘 먹었습니다, 그만 가려고요."

장성구가 인사를 건네고 몸을 돌리려고 하자 환자가 눈을 치켜뜨고 어딘가를 힘들여 보려 했다. 그들이 누워 있는 머리 위쪽 벽에 큼직한 액자가 걸려 있었다. 그 안에는 두 사람이 건강하고 밝은 모습으로 서로 웃으면서 찍은 사진이 들어 있었다. 환자는 그 사진을 보기 위해 온갖 힘을 내며 몸을 틀었다.

장성구가 술집에서 나오려하자 환자의 아내가 배웅을 나왔다.

"미안합니다, 손님. 남편이 많이 아파서… 간호하다보면 깜빡 잠들 때가 많아요. 손님 오면 가끔 남편이 저를 깨워 줍니다."

집으로 향하는 장성구는 취기로 몸이 흔들거렸지만 정신은 깨어 있었다.

하뢰서합

　전기 회로 기판 제작회사 홍보실에 근무하는 정 실장이 그 날 오후에 제출된 원고들을 고르고 있었다. 이번 여름 사보에 실리기 위한 원고들은 직업인으로서 긍지와 가족의 소중함이나, 개인적 감회를 곁들인 좋은 작품이 많았다. 그가 원고들을 한쪽으로 물리고 창밖을 보았을 때 날이 저물고 있었다. 옅은 회색빛으로 변한 건물들은 한낮에 볼 때보다 그 윤곽이 더욱 확실하게 보였다. 홀로 사는 사람의 삶의 다양성이나 보다 윤택한 정신적 자유를 향상시키기 위한 그의 미혼생활도 나잇살이 늘어감에 따라 회색빛으로 많이 퇴색되었다.

정 실장이 조 주임으로부터 전화를 받은 것은 밤 아홉시가 다되어서였다.

"실장님! 나 서울 다 와 가는데 금방 회사 도착합니다. 아직 저녁식사 전이니 만나서 식사나 같이 합시다!"

정 실장이 대답을 머뭇거리는 동안 전화는 벌써 끊어졌다. 조 주임은 금형 사출기 전문 기술자로 성격이 활달하고 머리가 좋은 사람이었다. 회사에서는 매주 영업회의를 통해 위아래가 서로 대책 없는 방법을 강구해내느라 구령 소리만 요란하였다. 실적 없는 사기진작이 늘 그렇듯 영업목표는 항상 현실과 동떨어져 있다는 걸 회사 전체가 모두 잘 알고 있었다.

그 상황이 뒤바뀐 것은 불과 몇 개월 전으로 조주임이 개발한 신제품 매출 덕에 지금은 영업목표가 현실적인 숫자가 되었다. 조 주임이 독일 엔지니어들과 합작해서 연구개발한 새로운 금형사출 기술은 고열에서도 전기 회로가 손상되지 않는 새로운 기판을 생산할 수 있게 했다. 기존 기판들보다 사용 수명이 연장 된 것은 물론이고 특히, 방위 산업체를 포함해서 고열이 발생하는 기계나 항공, 중장비 영역에 수요가 급증했다.

회사 근처 식당에 자리 잡은 두 사람은 서로 안색을 살폈

다. 하는 일이 각자 달라서 두 사람이 만나려면 일부러 시간을 내야 했다.

"실장님은 우리 회사 안 다녔으면 큰 사기꾼 같은 사람이 되셨을 것 같아요."

조 주임이 저녁을 먹고 있는 정 실장에게 비죽비죽 웃으면서 말했다.

"실장님은 가우스 단위가 아주 강력한 자기유도체 같아요, 가만있으면서도 아주 센 힘으로 사람 정신을 당겨 내놓는 것 같아요."

"왜 그래? 내가 뭘 어쨌다고?"

정 실장이 조 주임의 근심을 포착해 낸 것은 같이 식사를 하면서 조 주임의 눈에 나타난 불안한 흐름 이외에도 아까 저녁때 받은 전화 목소리 속에서 이미 알고 있었다.

"실은 생산라인에 문제가 생겼어요."

물그릇을 내려놓는 조주임의 낯빛이 변해 있었다.

"독일에서 기술자들이 와서 금형을 조사해 보았는데도 도대체 무슨 일인지 모르겠어요. 무슨 문제가 생겼냐고 다그쳐 물으면 계속해서 기계에는 문제가 없다는 말만 되풀이 하고 있어요. 생산된 기판들이 전부 불량으로 나오고 있어요, 이러

다가 납품기일 못 지키면 큰 낭패를 보게 되는데 걱정이 이만 저만이 아닙니다. 저기… 실장님 무슨 좋은 수가 없을까요? 실장님이면 해결 할 수도 있을 것 같은데…."

이제까지 그저 사람 좋은 것 가지고 서로 만나 식사하고 이야기 나누어 왔는데 갑자기 주임이 도움을 청하니 정 실장 은 난감하였다.

"내가 무슨… 기계에 대해서 잘 아는 것도 없고…."

정 실장이 말끝을 흐리며 조 주임을 멀뚱히 쳐다보기만 했다.

그 후 며칠간 정 실장은 원고 작업을 뒤로 미루고 나름대 로 회사를 살릴 방법을 연구해 보았다. 그러나 돌아오는 것 은 한낱 잡념이요, 억지로 쏟아낸 모양 없는 허상들뿐이었다. 시간이 흐를수록 회사 내 분위기는 점점 무거워졌다. 평소와 다름없이 일상 적인 듯한 직원들의 눈빛은 서로 마주칠 때마 다 불안감이 눈에 걸려있었다.

창밖에 어둠이 물러나고 날이 샐 때까지 정 실장은 잠자리 에 들지 않고 한쪽 벽을 응시하고 있었다. 무언가 깊은 생각 에 빠져는 그의 눈은 반쯤 감겨져 있었으나 매서운 눈초리로 방안의 공기를 압도하고 있었다. 가부좌를 하고 앉은 그의 다리와 그 위에 포개 놓은 양손은 조금의 움직임도 없었다. 마침내, 아무것도 존재하지 않은 끝없는 공간이 그의 마음속에 떠올랐다. 그 빈 공간에 어느 초점하나가 방향 없이 떠돌다가 점점 커지더니 갑자기 불덩이로 변하는 것이 보였다.

그때 조 주임이 홀연히 나타나 그 불을 끄려고 애쓰는 모습이 보였는데 그의 손에는 번갯불이 들려져 있었다. 조주임은 번갯불을 휘두르면서 그 불을 끄려고 안간힘을 쓰고 있었다. 팔베개 하고 한동안 옆으로 누워 있던 정 실장이 입술을 들썩이며 들릴 듯 말 듯 혼잣말을 했다.

"불이 나고 번개가 그 불을 끄려 하다니…."

다음날 본사에 나와 있던 조 주임을 지하 휴게실에서 만난 정 실장은 진지한 표정이었다.

"조 주임, 내가 금형기에 대해서 뭘 자세히 아는 것은 없지만 독일 기술자들 말대로 기계 자체는 문제가 없다는 생각이 드네."

대답 없이 눈빛으로 다음 말을 기다리는 조 주임에게 잠시 뜸을 들이던 정 실장이 말을 이었다.

"금형기에 화살촉이 박혀 있다고 내가 알아 본 바에 의하면 그렇게 나왔다네."

이 말을 들은 조 주임은 손등으로 코밑을 한번 문지르며 "뭐요?"라고 대답한 후에 정 실장을 똑바로 보았다.

"조 주임 내말 잘 들어 보게."

"나처럼 고전에 관심이 많은 사람들은 지금과 같은 어려운 상황이 닥치게 되면 알 수 없는 현실에 대해 정신적인 해결을 구하게 되지."

"금형기가 가지고 있는 현실적 문제는 '화뢰서합'일세."

"화내 서랍이 무엇입니까?"

정 실장이 말하는 동안 비관적인 얼굴로 듣고 있던 조 주임이 되물었다.

"그것은 주역에서 뽑아 낸 한 개의 괘로서 간단히 설명하면 불과 번개가 서로 치고 받아 물려 있는 모양으로 화내서랍이 아니고 화뢰서합이라고 하네. 화살촉 이야기는 그것들이 치고 받은 결과로 중간에 박혀있는 문제점을 나타내는 거라네."

"그 이야기가 고장 나 있는 금형기하고 무슨 관계가 있는데요?"

정 실장의 이야기에 관심을 갖게 된 조 주임이 궁금한 듯 물었다.

"의외로 문제는 간단할 수도 있다는 거지. 예를 들어서 금형기의 심각한 고장에 대해서만 생각지 말고 불과 번개에 해당되는 금형의 부품을 조사해 보는 것이 좋다는 걸세. 그리고 그 화살촉을 제거 한다면 문제가 풀릴 수도 있다는 말일세."

며칠 후 생산 공장에 가있던 조 주임으로부터 반가운 소식이 들렸다.

조 주임의 설명에 의하면 새로 설치된 그 금형기는 사용예가 그리 많지 않은 새로운 기종으로 임상 경험이 적고 하자 발생 시 문제 해결이 쉽지 않았다는 것이다.

"실장님, 신형 기판제작에 투입되는 재료들 중 '강화고무'가 있는데 바로 그 강화 고무의 분진이 문제였습니다. 강화고무가 높은 열을 받아서 미세한 분진을 형성해 왔는데, 이것들이 전기 자극을 일으켜 금형기 컴퓨터 운영체계를 혼란시켰어요. 간단한 분진 집진기를 금형 내부에 설치한 후로는 금형기가 정상으로 되돌아 왔어요."

회사는 다시 전보다 더 바빠져서 활기를 되찾았다. 정해진 날짜까지 가까스로 물건도 납품할 수 있었다. 시간은 전처럼 일상적으로 편하게 흘러갔다.

조주임은 열심히 살아가는 것 말고도, 무엇을 위해 살아갈 것인가 하는 정신적인 문제에 관심이 많아졌다. 정 실장은 그동안 미루어 두었던 원고들을 내어서 읽다가 저녁 무렵이면 변함없이 해 그림자를 구경하곤 했다.

늙은 개 친구 1

　물질의 흐름은 시간이 흘러감에 기대어 다른 것으로 재생산되고, 정신의 알 수 없는 이전은 그것을 생각하는 대상에게 정확히 전달된다.

　굳이 종교적 열정이나 의도적 연구 없이도 세상은 그렇게 살게 되어 있는 것 같다. 다만, 언제나 그렇듯이 가을바람에 날려 이리 저리 흩어지는 가랑잎처럼 결국 그 끝을 스스로 보고야 마는 것은 개인의 문제이다.

　늙은 개는 이미 죽었을 것이다.

　잡혀 먹혔든, 사고를 당했든, 어쨌든 늙어서라도 분명히 죽었을 것이다.

하지만 지금 내가 느끼고 생각하는 마음속에 정신으로 재생산된 잘 씻겨진 것들이 내 주변 어디라도 분명히 그 개가 존재하고 있다.

내가 전에 살던 집 골목길 제일 끝집은 동네 큰길로 돌아나가는 모퉁이에 있는데 바로 그 집 낮은 장독대 위가 그 개가 사는 곳이다. 그 개는 자기 집 앞을 지나는 사람들에게 항상 크게 짖어댄다. 자기가 뛸 수 있는 만큼 위협적으로 내달려서 하얗고 뾰족한 이를 드러내고 사납게 짖어대곤 했다.

난 그 개와 대등한 친구가 되었다. 왜냐하면 그렇지 않고서야 그 개가 나를 똑같은 친구로서 인정해 주지 않았을 것이니까.

난 그 개에게 먹을 것을 준 적이 없다. 그렇게 하지 않아도 그 개는 자기 주인이 주는 먹이를 먹고 잘 살 수 있으니까 말이다.

또한 대등한 친구로서의 관계가 하찮은 먹을 것 때문에 깨질 수도 있기 때문에 난 그 개에게 먹을 것을 준 적이 없다.

언젠가 그 날은 어쩐 일인지 그 개가 미동도 않고 풀린 눈으로 내 눈만 깊이 쳐다보던 날, 나는 친구의 뜻도 모르고

"오늘은 기분이 별로인가?" 하고 앞발 중 하나를 가볍게 쥐는 순간 개 주인이 멀쩡히 뒤쪽에 서서 도끼눈을 뜨고 노려보고 있는 것을 안 후에 친구의 먹먹한 눈동자의 의미를 알 수 있었다.

지금은 몇 년이 지났고 그 당시도 그 개는 상당히 늙어서 사람으로 치면 팔십은 족히 되었을 나이라서, 어떤 식으로든 그 개는 죽었을 것이다.

나는 그 개가 보고 싶지는 않다. 왠지 그렇다. 물질은 의식을 하든 안 하든 다른 것으로 재생산되고, 정신은 그것을 생각하는 주관에 의해서 항상 되살아나는 것을 잘 알기 때문이다.

그래서 그 친구는 죽었어도 죽지 않았고 더욱 생생히 내 주위를 맴돈다.

내가 개 귀신에 씌었나?

그럴 수도 있다. 사람은 무엇인가를 뒤집어쓰고 산다. 쓰기 싫어도 쓸 수밖에 없다. 어떤 식으로든 그렇다.

"당신은 무엇에 씌어서 지내나요?" 하고 물을 수 있다면, 그리고 그 질문에 대답이 가능하다면 적당히 다음 중 하나일까 싶다.

"저는요, 종교적 열정이 강해서 조상님이나 아니면 다른 신을 모시고 살지요. 그리고 몸과 마음이 편해지도록 돈을 많이 벌도록 염원도 하지요. 그리고 부모를 잘 봉양하도록 하고요 자식이 잘 되길 바라요. 이도 저도 아니고, 진짜로 내가 씌어서 지내는 것은요. 바로 나밖에 없고요. 사람들이 나보고 정신 나갔다고도 하지만요. 내가 좋은 것을 어떡해요?" 하고 말할 수도 있다. 세상을 무서워할 이유는 없다.

무서운 것은 다만 그 마음에서 비롯되어 지극히 개인적인 이유로 그 인생이 마구 자기 의도대로 타락되어서 끝내 보기 좋지 못하는 꼴을 보고 만다는 것이다.

나는 술을 먹지 않는다. 그리고 술 취한 사람을 싫어한다. 그들이 숨 쉴 때마다 토해낸 공기가 악마나 좋아할 만한 냄새가 배어 있다. 취객의 마디 풀린 손발이 흐느적거릴 때마다, 죽어가는 사람이 버둥거리는 것 같아서 무섭다.

술 취한 사람 눈에는 공통점이 있는데 그들 눈을 보노라면 이 세상 모든 악마, 악령, 귀신, 요괴, 도깨비 같은 못된 잡신들이 그 취한 사람의 눈을 통해 세상을 둘러보고 있음을 알 수 있다.

어느 무더운 여름날 새벽이라 해도 살가죽이 들러붙은 것 같이 더운 날 동이 트고 한 시간 정도 지났을 때 나는 집으로 가고 있었다.

전날 밤부터 내린 비가 날이 샐 무렵까지 추적추적 미지근하게 간간히 내리는 날이었다. 내가 사는 동네에 들어서자 누군가 앞서서 제 집으로 걸어가고 있는 사람이 있었다.

키가 훤칠하고 뒤에서 봐도 나보다는 열 살 정도는 어려보이는 사람이 밤새 마신 술에 만취되어 비틀거리며 걷고 있었다.

윗옷은 벗어서 땅바닥에 내던지고 빗물에 적셔서 둘둘 말아 그것을 공처럼 철벅철벅 차면서 가고 있었다.

문 닫힌 상점들과 실 짜는 가내원단 가공업 집을 지나 주택가에 다다르자 맞은편에서 오고 있던 중년의 여자가 그 취객을 보고 피하려 했다.

"이런… 이런 내가 절 잡아먹기라고 하나? 아줌마, 이리와 봐, 이리와!"

취객이 달려드는 시늉을 하자 놀란 여자는 울음 섞인 비명을 지르며 자기가 오던 길로 달아나고 말았다.

사나운 취객을 앞에 두고 나는 그를 어떻게 앞질러 갈 것인가? 나에게도 행패를 부릴까? 걱정에 내 발걸음이 빨라졌다.

나도 모르게 이 상황을 얼른 지나치고 싶었던 것이다. 두서너 발정도 취객을 앞섰을 때 내 뒤에서 그가 말했다.

"아저씨, 잠깐만요!"

젊은 청년의 목소리였지만 입에 침이 가득 고였는지 말소리가 정확치 않았다.

큰 키, 깎지 않은 머리, 군살 없는 검은 피부색, 갸름하고 잘 생긴 듯한 얼굴 윤곽, 애써 외면했지만 곁눈질로 얼핏 본 외모의 청년 취객이 나를 불렀다.

그래도 나에게는 조금의 배려 같은 것이 있어서 존댓말을 사용하는군 하면서 내심 술 취한 자를 인정하겠다는 정중한 뒷손사래를 그에게 표시하고 앞서서 걸었다. 그런데 그가 그 다음에 나에게 한 말은 나에게도 악마가 있어 비록 술 취함에 의지하지 않아도 더욱 센 악마를 내 속에서 불러내는 것 같았다.

"이런 개 새끼가~."

그 취객이 말소리를 엿가락처럼 늘여 내 뱉는 이 말에 순간 내 속에 깊이 잠자던 악마가 벌떡 일어나 나왔다.

그러나 그는 나보다 힘이 세고 취중의 난폭함에 희생되어 비 오는 길바닥에 팽개쳐지고 싶지 않았기 때문에 나는 그의 뒤에 다시 서야겠다고 마음먹었다.

주택단지는 기다란 장방형 모양으로 집들이 나열되었기 때문에 빨리 뛰면 그 취객이 없어지기 전에 다시 그의 뒤에 설 수가 있었다. 그 뒤 몇 마디를 취객이 더 했지만 나는 듣지 못하고 뛰어 도망가듯이 주택단지를 돌아 좀 전처럼 자기 옷을 물에 적셔 발로 차고 가고 있는 그 취객의 뒤를 따라가고 있었다.

주택이 본격적으로 밀집되어 있는 곳 입구는 상당히 길이 경사져서 가팔랐다. 그 취객이 경사진 길을 오르려고 약간 팔자걸음으로 걷기 시작했을 때였다.

나는 후다닥 몇 발자국 뛰어올라 양손으로 그의 머리채를 움켜지고 뒤로 잡아당겨 바닥에 그를 쓰러뜨렸다. 순간 무척 기운 셀 것 같은 그 취객은 아무런 힘없이 저항도 못하고 바닥에 드러누웠다.

지금 생각해보면 그를 뒤로 잡아채면서 그 사람의 머리가 땅바닥에 심하게 부딪힌 것도 같았다. 언덕배기에 머리가 밑으로 가게 해서 반듯이 누워 있는 그에게 나는 다음과 같이 말했다.

"나 있잖아, 개새끼 아닌데…."

작지만 분명한 목소리로 그의 귀에 대고 속삭였다. 도움을 청하거나, 두렵거나, 혹은 아무 의미 없는 누렇고 빨간 눈으로 그가 나를 쳐다보았다. 그 취객의 턱이 가슴하고 멀어졌다. 왜냐하면 내가 그의 턱을 잡아당겨 목이 잘 드러나도록 했으니까.

침을 삼키면 겉으로 보기에 위아래로 까딱까딱 움직이는 곳을 목표삼아 나는 그 취객의 목을 물어뜯기 시작했다.

겉에 하얀 가죽이 찢겨져 나오자 무슨 진홍색의 연결관 같은 것이 들어있었다. 그곳을 다시 송곳니를 사용하여 힘껏 물자 뭔가 질긴 육질이 씹혔다. 다음 순간 그곳을 뜯어내면 죽을 것 같았다. 하지만 그 취객이 마지막 남은 사력을 다해 미약하지만 나를 밀어내려고 안간힘을 다하고 있었다.

이제 마지막 한 번 입안에 들어온 목줄을 단번에 씹기만 하면 일이 끝날 수 있었는데 무슨 일인지 그 취객의 목을 입에 물고 약간 정신적 여유가 생겨 내 눈을 살짝 들어 눈동자를 돌리는데 그 늙은 개 친구와 눈이 마주쳤다. 그 개가 짖지도 않고 나의 행동을 지켜보고 있었다. 내가 그 취객을 뉘어놓고 잡던 곳이 그 늙은 개가 사는 집 앞 언덕진 모퉁이였던 것이다.

그 날 나는 그 취객의 목줄을 씹지 못하고 그를 살려주었다. 집에 도착한 나는 목욕을 깨끗이 하고 새 옷으로 갈아입고 잠시 부채질하고 앉아 있다가 아침 식사를 하고 잠자리에 들었다.

그 일이 있은 후 내 늙은 개 친구 덕분에 죽지 않았다고 그 젊은 친구에게 말해주려고 그 장소에 여러 날 찾아갔지만 그 사람은 더 이상 만나지 못했다.

부디 조심하시길….

늙은 개 친구 2

오래전부터 친하게 지내던 류 씨에게서 반가운 소식이 왔다.

천구백팔십구년.

그가 대학 졸업을 하고 이런 저런 사유로 미국에 가서 생활한 후로 이번에 처음 우리나라로 다시 오게 됐다는 것이다.

그는 성격이 대단히 쾌활해서 언제든 누구라도 그와 함께 있으면 무료하지 않고 항상 주위가 꽉 찬 느낌이 들게끔 분위기를 좋게 만드는 기술이 있었다. 반대로 나는 항상 말없이 조용한 성격으로 여기 저기 냄새나 맡고 다니는 것을 좋아하는 은밀한 성격으로 류 씨 친구와는 정반대였다.

학생 시절 체육관에서 그 류 씨 친구가 농구시합을 하고 있었고 나는 학교 여기저기를 빈둥거리면서 시간을 보내다가 체육관에 들러 그 친구의 시합을 구경하게 되었다.

농구시합이 거의 다 되어갈 무렵 그 류 씨 친구가 공을 받다가 그만 손가락뼈가 어긋나 손가락 관절이 옆으로 툭 불거져 나오게 되었다. 시합은 중단되었고 함께 경기를 하던 사람들은 모두 걱정스레 그가 다친 손을 보았고 일부는 상당히 놀라움을 감추지 못했다.

그때 내가 나서서 그가 감싸고 있던 손을 풀고 손에 힘을 빼게 한 후 잡아 당겨서 손가락 관절을 바로 맞춰주었다. 그 일이 있은 후 류 씨와는 각별한 친구가 되어 류 씨가 졸업하고 미국으로 가기 전까지 서로 마음속을 내보이며 친하게 지냈다.

"이번 일요일 오후에 자네 집을 방문할 걸세, 친구! 음식은 아무 것도 하지 말고 그냥 차나 한 잔 주게. 친구에게 폐 끼치면 곤란하지."

그러면서 약간 미안한 어조로 류 씨 친구가 덧붙였다.

"자네가 빨리 결혼해야 될 텐데…"

"아, 참. 그건 그렇고 이번에 자네 집에 갈 때 미국서 사귄 친구 하나 같이 갈 거야. 나하고 비슷하게 미국 생활 시작했는데 아주 성공했지. 자네도 사귀어두면 이로울 것 같아 같이 갈 거네. 그러면 나중에 보세, 친구!"

나는 일요일 오후가 되어 할 수 있는 만큼 준비를 했다. 백숙용 닭을 사다가 껍질을 벗기고 인삼과 꿀을 이용해 쪄내고 며칠 전 소갈비 살에 칼집을 내서 재운 고기를 꺼내 굽고 갑오징어, 명태 알, 조갯살 사다가 콩나물하고 무 썰어 넣어 시원하게 해물탕 끓여내었다.

"허름한 집에 이렇게 찾아 주셔서 고맙습니다. 별로 준비한 것도 없는데 그냥 맛있게 드셔주시면 저로서는 더할 나위…." 까지 내가 말하고 있는데 그 류 씨가 데려온 친구는 앉을 기색도 없이 집안을 한 눈에 휙 둘러보더니 나에게 말없이 자기가 타고 온 차 열쇠를 내밀었다.

속으로 당황도 했지만 그 순간 내가 그 차 열쇠를 받지 않았거나 못 받았기 때문에 별 의미 없이 지나갔다.

방울토마토의 물기, 접시나 그릇의 물기, 소주나 맥주잔에 묻은 물방울, 또 음식을 찍어 먹는 포크나 젓가락의 불결함을 류 씨의 친구는 직접적으로 표현했다. 그리고 자기 앞에

놓인 잔이며 식기를 옆으로 몇 번 씩 털어내면서 물기나 세
균 따위를 없애려 하였다.

"미안합니다. 사는 게 그냥 이 모습이라 양해해 주시죠."

뭐라도 변명을 좀 해야 할 것 같아 한마디 건넸다.

"아닙니다. 괜찮아요. 그런데 이 깍두기 김치는 맛이 아주
좋은 것 같군요."

"아하, 그거요? 제가 직접 만든 겁니다. 새우젓으로 버무린
바로 제 손맛이지요."

소심하고 말없는 기질의 나는 스스로 고무되어 약간 자랑
을 늘어놓았다.

류 씨의 친구는 먹던 젓가락을 조심스럽고 천천히 다시 밥
상에 내려놓으면서 다음과 같이 말했다.

"에이씨 어쩐지 자꾸 꾸리꾸리 하더라."

나는 남의 말을 웬만하면 모두 진심으로 받기 때문에 또
내 탓이요 하고 말았다.

사실 그 깍두기는 맛있게 만들려고 너무 많이 주물럭거려
서 다소 걸쭉해진 상태였다. 어쨌건 많이 먹고 술도 많이 취
한 그 미국 친구가 나에게 자꾸 술을 권했다. 기분이 나쁘다
는 것이었는데 술잔을 비우지는 않고 들었다 놓았다 하는 무

슨 그런 매너가 있냐고 나에게 항의하였다.

"미안해요. 나는 술을 잘 못합니다. 이해하세요."

나는 잘 웃지 않는다. 그래서 한 번 웃으려면 그 모양이 아주 어색하다. 거울을 보고 웃어 보이면 웃지 않을 때가 더 낫다고 생각하곤 했다.

그래도 손님에게 예의를 지키려고 억지웃음이나마 만들어서 양해를 구하려는데, 이 류 씨가 데려온 친구가 서서히 약한 자를 먹이로 삼으려는 악마적 기운이 발동해서 서서히 그의 등과 목을 넘어서 머리에 거의 다 올라와서 나와 눈이 마주칠 정도로 술이 많이 취해버렸다.

시종일관 별 말이 없던 류 씨가 상황이 좋지 않음을 알아채고 미국 친구에게 작은 소리로 혹은 조금 큰 소리로 주의를 주었지만 이미 그곳을 접수해버린 그의 말과 행동은 시간이 지날수록 점점 더 거칠어졌다.

주인이 일어나면 객이 갈 준비를 해야 한다는 말이 생각나서 화장실로 내가 자리를 옮기려할 때 그 미국 친구가 들릴 듯 말 듯 일부러 좀 작은 소리를 내어 말했다.

"저런 개새끼…."

입에 무언가를 먹으면서 나직이 내놓은 소리를 내가 분명히 들었다. 오히려 편안한 모습으로 다시 자리로 돌아온 나는 친구에게 오늘의 자리를 빛내준 것에 대해서 감사드리며 추후에 또 다시 만나서 즐겼으면 좋겠다고 정중히 말했다.

그때 류 씨의 미국 친구가 한쪽 벽을 손으로 짚으면서 비틀비틀 일어나면서 말했다.

"오늘 아주 잘 먹고 갑니다. 여기서 쉬다가 술 깨고 운전하려 했는데 그냥 내 차에서 자다가 갈 거니까 당신 그릇 좀 깨끗이 닦아 놓으슈."

그러면서 앞뒤로 몸을 휘청거리며 문을 열고 나가고 있었다.

일찌감치 류 씨는 현관 밖에서 기다리고 있었다.

나는 술 취한 류 씨의 친구를 부축해서 바로 1층 현관에 도착해서 문 밖으로 나가지 않고 그를 이끌고 지하로 내려갔다.

그 지하에는 비어 있는 집이 하나 있는데 전에 살던 사람들이 곰팡이 냄새를 견디지 못해 이사 간 지 몇 달 되었다. 전에 살던 사람들은 특히 비오는 날이나 장마철에 온 벽이 미끈거리고 벌레들이 자꾸 기어 다닌다고 했다. 나는 그를 끌로 지하로 내려와서 문을 열었다. 비릿하고 습한 곰팡이 냄새가 빠져 나왔다.

술 취한 류 씨의 친구가 한쪽 손으로 문틀을 잡고 횡설수설하며 머리를 문 안으로 반쯤 들이밀었을 때 나는 쇠문 손잡이를 꽉 쥐고 있는 힘껏 밖으로 열려 있는 문을 세차게 닫아 그의 머리통을 쇠문으로 찍었다.

집 안쪽으로 쓰러진 사람의 머리에서 피가 뿜어져 나오고 있었고 충격으로 눈이 튀어나왔는지 안면이 이상하세 변해 있었다.

나는 그의 상체를 정성스레 안아서 일으켰다. 그리고 그가 정신을 차릴 수 있도록 부축한 후에 그의 찢어진 귀에다 입을 바짝 가져다 대고 속삭이듯 그리고 정확하게 말해 주었다.

"저기 나요… 개새끼 아니거든요….''

안고 있던 류 씨의 친구를 바닥에 내려놓고 무엇이든 집어들어 머리를 찍으려 할 때 이 상황을 목도한 류 씨가 오히려 더욱 차분하고 가라앉은 목소리로 말했다.

"그 친구 술 많이 취했네…. 지하 계단에서 저토록 넘어져 많이 다치다니. 얼른 병원으로 옮기자구, 친구….''

나는 눈을 돌려서 류 씨의 눈을 보았다. 그것은 다름 아닌 골목길 끝집 장독대 위에 있던 늙은 개 친구의 눈이 그 속에 있었다. 늙은 개는 죽었지만 다시 살아 있는 분명한 눈이 나를 보고 있었다.

나도 한 마디 거들었다.

"그래. 이 친구가 계단에서 많이 다쳤어. 얼른 옮기세!"

부디 조심하시길….